Ronja Busse

Grüße aus der 4 Sterne Klapse

story.one – Life is a story

story.one

1st edition 2024

Production, design and conception:
story.one publishing - www.story.one
A brand of Storylution GmbH

Font set from Minion Pro, Lato and Merriweather.

ISBN: 978-3-7115-6904-2

Dieses Buch ist für alle, die über sich lachen und weinen können. Für all diejenigen, die es geschafft haben, an einem Tag in der Depression zu duschen und stolz dabei auf sich zu sein.

INHALT

Von ganz oben	9
Eine Träne in meiner Hand	13
Musik in meinen Ohren	17
Zimmer 2024	21
Ich bleibe erstmal hier	25
Von Bergen und Bächen	29
Privatpatient	33
Ein Messer im Rücken	37
Nichts als die Wahrheit	41
Aha.	45
leer	49
An deiner Seite	53
Vergebung	57
kleine Schritte	61
Der Schaden am Dach und im Keller	65
Ein Bild schwer wie Blei	69
Der Schoß der Welt	73

DIN
GG
M
80
VAG

Von ganz oben

Sie sitzen beide vor mir. Arme verschränkt und gucken mich an. Die eine streng, die andere mitleidig und unsicher. Ich weiß nicht, was als nächstes passiert und habe ein ungutes Gefühl. „Sie müssen jetzt die Klinik verlassen". „Ihre Entlassungspapiere sind bereits unterschrieben." Mir klappt die Kinnlade runter und ich bin total geschockt. „Weswegen denn?", stottere ich hervor und merke, dass irgendein Botenstoff in meinem Gehirn eine fette Party feiert, ohne dass ich eingeladen bin. Ich steh' vor der Tür meines Gehirns und höre nur die Bässe wummern. Mein Herz rast, meine Knie sind weich. Wer hat mir was in meinen Drink gekippt? Eine Sekunde später bin ich zurück in der Situation im Hier und Jetzt. Auf mich sind die Augen zweier Menschen gerichtet, die in einem System funktionieren, dass sich soeben gegen die Menschlichkeit entschieden hat und gegen mich. „Sie haben eine Patientin mit dem Messer bedroht und gesagt, dass Sie die Patientin abstechen wollen!" In meinem Kopf rattert es. Jetzt fällt es mir wie Schuppen von den

Augen. Darüber denke ich später nach, entscheide ich mich sofort und schlucke meine aufkommende Wut wieder runter. „Bitte was?“, bringe ich nur entsetzt heraus. Ich sitze vollkommen ratlos und fassungslos vor den beiden Frauen. „Das habe ich nicht getan“, antworte ich mit bebender Stimme. Keine Antwort von den beiden, nur bestimmende Blicke von der Therapeutin mit den verschränkten Armen und dem strengen Blick. Die andere ist sichtlich überfordert mit der Situation und ihre Augen scheinen zu sagen: tut mir ja jetzt auch leid, aber ich kann nichts machen. „Sie müssen jetzt die Klinik verlassen, Anweisung von ganz oben“, sagt die Armeverschränkerin sehr eindringlich. „Und wer hat das angeordnet?“ Der Schock weicht und in mir kocht die Wut hoch. „Da müssen Sie zur Geschäftsleitung gehen.“ „Welches Zimmer?“, will ich wissen. Nachdem ich mir Zimmer und Name notiert habe, mache ich mich auf den Weg. Ich fühle mich, wie Frodo auf den Weg nach Mordor.

Als ich an die Zimmertür 104 klopfe, öffnet Herr Dr. Menke, den ich schon vorher gesehen habe und dessen Bild an der Rezeption als international ausgewiesener Experte in der Behandlung von Depressionen und als Leiter der Klinik über den Bildschirm huscht. Was für ein Experte kann er sein, wenn er meine Entlassungspapiere unterschreibt, ohne mich zur Sachlage zu befragen? Frage mich, ob Empathie auch in einem Semester seines Studiums inbegriffen war und ob er möglicherweise durchgefallen ist? Im Hintergrund auf dem Schreibtisch sitzend, sehe ich seinen Sohn. Er guckt mich mit neugierigen, scheuen Augen an. Sofort versetzt mir sein schüchterner Kinderblick einen Stich ins Herz. Mein Sohn ist weit weg grade. Sofort zieht sich mein Herz noch enger zusammen. Ich fasse mich wieder und visiere Menke an. „Ich soll heute entlassen werden?“ Er guckt mich entschuldigend an. „Ich stecke da nicht drin“, sagt er sichtlich unangenehm überrumpelt. „Anscheinend aber so sehr, dass sie meine Entlassungspapiere unterschreiben!“.„Das müssen Sie mit Frau Kunz besprechen“, versucht er das Problem zu delegieren.

Eine Träne in meiner Hand

Als ich meinen ersten Fuß in die Klinik setze, fühle ich mich wohl. Die Klinik wirkt eher wie ein etwas besseres Hotel mit einem Stern Abzug, weil hier angeblich nur Verrückte herumlaufen. Davon ist aber nichts zu spüren. Alles funktioniert wie ein Uhrenwerk, jeder hat seine Funktion. Fühle mich trotzdem wie ein Sandkorn im Getriebe, auch wenn es nur mein eigenes betrifft. Das Eingangsvoyeur ist mit gemütlichen Couchen ausgestattet, auf denen Menschen sitzen und sich miteinander unterhalten. Der Boden ist frisch gebohnert und die Dame am Empfang begrüßt mich freundlich mit ihrem bayrischen Dialekt. In Berlin wäre das anders abgelaufen. Wahrscheinlich hätte eine schlecht gelaunte Schwester einem den Anmeldebogen auf den Tresen geklatscht und unwirsch nach ausgefüllter Rückgabe innerhalb von fünf Minuten verlangt. Ich bin froh, dass ich den langen Fahrtweg auf mich genommen habe, um hier so begrüßt zu werden. Hat sich doch schon mal gelohnt, denke ich und unterschreibe in gewohnter ADHS-Manier, ohne mir irgendwas auf den Zetteln durchzulesen. Ich bekomme noch ein paar Zettel mit Angaben, was am Tag noch stattfinden wird. Das kann ich auch erstmal später durchlesen. Nachdem ich mein Gepäck in meinem Doppelzimmer abgestellt habe, merke ich, wie hungrig ich bin. Meine Zimmernachbarin scheint sehr ordentlich zu sein. Das Zimmer ist hell und gibt Blick auf eine Bergkette frei. Diese Aussicht werde ich jetzt für 6 Wochen jeden Tag sehen, denke ich bei mir und gehe runter. Auf mein Nachfragen bekomme ich noch was Leckeres vom Mittagessen. Es wird extra noch einmal eingedeckt in einem kleineren von zwei Essenssälen. Mir gegenüber wird ebenfalls ein Besteck aufgedeckt und ein älterer Herr setzt sich mir gegenüber. Ich bin plötzlich schüchtern. Der hat ja auch was, denke ich. Sonst wäre er nicht in einer psychosomatischen Klinik. Nach zaghafter Begrüßung beiderseits erzählt er mir, dass er schon zum zweiten Mal hier ist. Er stellt sich als Thomas vor, aber ich bin mir nicht sicher, ob ich mir diesen Namen richtig merken werde. Jetzt muss ich raus, meiner natürlichen Neugier nachgehen und den Chiemsee begrüßen. Schauen, ob er mit sich reden lässt oder mich anschweigt.

Es liegt noch Schnee und ich gehe vom Klinikgelände. Die Klinik liegt direkt am See und durch ein kleines Tor gehe ich zu einer Badestelle außerhalb des Geländes. Auch wenn heute Mitte Februar ist und Schnee liegt, entschließe ich, dass ich am nächsten Tag in den See gehen werde. Wie sehr mich das Eisbaden und die Kälte noch retten wird, weiß ich zu diesem Zeitpunkt noch nicht. Ich beobachte die Enten für eine Weile, gehe ziellos am Ufer entlang. Plötzlich fällt mir etwas am Boden im Wasser auf. Ein einsames Auge glotzt mich verloren vom Boden des Sees an. Jemand hat auf einen Stein ein Auge gemalt, aus dem eine Träne fließt. Irgendwie hat dieser surreale Moment etwas bitterschönes, fragiles. Es ist ein Zeichen, denke ich bei mir. Ein Zeichen, dass ich hier sein darf, mit all meinen Emotionen und dass ich weinen darf, wenn ich will. Ich nehme den Augenstein behutsam aus dem Wasser und lege ihn auf meine Hand. Zu gerne möchte ich wissen, wer ihn hier hingelegt hat. Extra für mich, wie mir scheint.

Musik in meinen Ohren

Nach dem Termin bei der Oberärztin habe ich noch etwas Zeit. Ich gehe auf mein Zimmer zurück und ordne die ganzen Unterlagen. Auf meinem Zettel steht, dass heute nur noch der Klinikrundgang dran ist. Ich räume meine Sachen in den Schrank und stelle fest, dass ich viel zu wenig mitgenommen habe. Ein Paar Schuhe nur! Ich muss mir dringend Badelatschen besorgen, ich kann ja nicht sechs Wochen mit Stiefeln durch das gesamte Haus latschen. Danach gehe ich runter und begutachte das Bücherregal und schnappe mir einen prähistorischen Roman, der über tausend Seiten lang ist. Nun ja, ich hab ja Zeit hier. Genau genommen habe ich die auch in Berlin Zeit, ich nehme sie mir bloß nicht. Stattdessen glotze ich zu viele Stunden in mein Handy und zu wenige in ein Buch. Es gab Tage in Berlin, wo meine Bildschirmzeit über sieben Stunden betrug. Sieben Stunden! Habe ich mit dem Scheiß Ding geduscht oder was? Das ist ja wirklich schon eine Volkskrankheit! Ich werde hier die Möglichkeit haben, das einzugrenzen. Schon deswegen, weil ich keine 89,90 Euro ausgeben will, um das WLAN nutzen zu können. Gut, dass ich mir das nicht leisten kann. Zwangspause, ich komme!

Am Abend findet der Rundgang statt und um 19 Uhr treffen sich die neu angekommenen Patienten im Foyer. Eine nett lächelnde Mitarbeiterin zeigt uns die wichtigsten Räume: das Fitnesscenter, den Yoga- und Pilatesraum, die kleine Schwimmhalle mit Sauna und die Waschräume. Wäsche waschen ist so das einzige, um das man sich hier selber kümmern muss. So langsam dämmert es mir, dass ich mich hier sechs Wochen um nichts kümmern muss. Unvorstellbar für mich. Wie lange habe ich mir das gewünscht in der Zeit, wo ich alleinerziehend war und nur noch aus dem letzten Loch gepfiffen habe? Nicht, dass ich jetzt weniger aus dem letzten Loch pfeifen würde, nur weil mein Sohn seinen Lebensmittelpunkt seit einem Jahr 300 Kilometer entfernt von mir hat. Ich pfeife noch viel lauter aus dem letzten Loch deswegen. Wir durchschreiten einen langen Harry-Potter-Gang und an den Wänden hängen große Gemälde, die von Zeiten nach dem Krieg erzählen. Die Klinik besteht aus drei Häusern, die durch lange Gänge verbunden sind. Als wir durch den letzten Gang kommen, hören wir Gesang. Links und rechts an den Wänden stehen ca. 10 Menschen und singen sehr schöne Mantras. Eine Frau hat eine Gitarre dabei. Wir als Neuankömmlinge schreiten durch die singende Gruppe. Ich habe Gänsehaut. Es wirkt wie ein Empfangskomitee nur für uns und ich bleibe bei den Musikern, lasse die anderen weiter ziehen. Nichts kriegt mich jetzt hier weg. Ich bin plötzlich überwältigt von meinen Gefühlen und setze mich auf den Boden, versteckt hinter einen Wagen mit Decken. Plötzlich kommen mir die Tränen. Endlich. Ich weine vor Rührung und weil ich plötzlich begreife, dass ich es geschafft habe. Geschafft, mich um mich zu kümmern nach über zehn Jahren Überlebensmodus. Eine Frau kommt zu mir und legt mir eine Decke um die Schultern. Eine Geste, die sich so wohltuend und gleichzeitig schmerzvoll anfühlt. Die Tränen wetteifern miteinander, wer zuerst vom Kinn tropft. Wie lange hat sich eigentlich niemand mehr um mich gekümmert? Die Frage sucht dringend einen Empfänger in meinem Inneren und trifft nur eine verlassene Frau an, die in einer glänzenden Ritterrüstung wie ein Häufchen Elend sitzt und sehr dankbar darüber ist, dass jemand sie gefunden hat.

Zimmer 2024

Meine Füße wippen hin und her und ich lasse meine Beine vom Stuhl vor Zimmer 2024 baumeln. Es herrscht rege Geschäftigkeit auf den hellen Gängen. Wie Ameisen verfolgen alle ihren Plan, jeder Gang hat sein Ziel. Bloß ich gaffe ziemlich ziellos umher. Ich betrachte den gewienerten Boden unter meinen Füßen, es lässt sich nicht ein Fünkchen Unordnung darin erkennen. Habe mich noch nicht entschieden, wie ich das finden soll. Jedenfalls wird einem geholfen in einer Klinik, steht zumindest so in Kurt Krömers Buch über seinen Klinikaufenthalt. Eigentlich der Grund, warum ich den endgültigen Entschluss gefasst habe, herzukommen. Auf meinem Zettel steht, dass ich zur Einweisung einen Termin bei der Oberärztin habe. Die mir zugeteilte Oberärztin erscheint am Ende des Ganges und watschelt gehetzt auf ihr Büro zu. Nach ihrem Blick zu urteilen hat sie in mir grade einen unsichtbaren Geist gesehen und es fühlt sich an, als würde jemand eine Bockwurst durch eine riesige Turnhalle werfen. Die Bockwurst klatscht in Form von Realität auf den Boden auf, ihre Worte schneiden durch den Raum. „Frau Busse, richtig?“ „Sie haben bereits einen Termin verpasst!“, klagt sie mich vorwurfsvoll an, während sie den Schlüssel in die Tür ihres Büros bohrt. Ich fühle mich verbunden mit dem Schlüsselloch, in das sie unaufhörlich einstochert. „Nehmen Sie noch Platz, ich rufe sie rein.“ Es wirkt so, als hätte sie sich schon entschieden, mich ordentlich scheiße zu finden. Sie verschwindet im Büro und ich kann nicht anders, als mich zurückzuversetzen in eine Zeit, in der ich viel zu oft vor dem Lehrerzimmer saß, um mal wieder einen Verweis zu kassieren. Was für eine Begrüßung, denke ich mir und warte ab, was als nächstes passiert. Nach ca. fünf Minuten öffnet sie die Tür und gibt mir zu verstehen, dass ich jetzt in ihre heiligen Hallen der Verdammnis eintreten darf. Ganz wohl ist mir dabei irgendwie nicht. Hoffentlich habe ich mit der nicht allzu oft zu tun, denke ich mir und nehme langsam Platz. Das Verhör geht los. Sie hat den good cop anscheinend zu Hause vergessen heute. „So Frau Busse, warum sind sie denn hier und warum haben sie sich für diese Klinik entschieden?“ Sie würdigt mich keines Blickes und tippt lediglich auf ihrer Tastatur, ihr Blick ist auf den Rechner gerichtet. Ich kann sie verstehen. Ich bin Patient XY, Tag

Blabla. Was könnte geistig mehr erlahmen, als kranke Menschen und der alltägliche Kontakt mit ihnen. Frage für Frage beantworte ich, mein Unwohlsein steigert sich. Als sie wissen will, ob ich zur Miete wohne oder eine Eigentumswohnung besitze, hört meine Geduld auf. „Was hat das mit meiner physischen Verfassung zu tun?" Es ist das erste Mal, dass sie mir wirklich ins Gesicht schaut. Es scheint, als hätte sie nur darauf gewartet. „Ich habe bereits alles in dem Anamnesebogen geantwortet, haben Sie ihn denn gelesen?", schiebe ich nach und blicke ihr unverwandt in Ihr Gesicht. Der Groschen ist gefallen. In meiner Vergangenheit hat es mir noch nie viel genützt, ehrliche Worte auszusprechen. „Frau Busse, ob wir sie hier mit so einer Einstellung überhaupt aufnehmen können?" Sie taxiert mich, um meine Reaktion zu analysieren. Die Provokation durchschaue ich. Ich lächle ihr ins Gesicht. „Ach na dann kann ich mich ja auf den Weg zurück nach Berlin machen nach 8 Stunden Anfahrtzeit." „Wenn Sie mir nicht einmal die einfachsten Fragen beantworten können, werden wir hier nicht weit kommen", säuselt sie und tut so, als wäre ich diejenige mit der schwierigen Persönlichkeit.

Ich bleibe erstmal hier

Die erste Woche verläuft gut bis ereignislos und ich habe mich einigermaßen eingelebt. Meine Zimmernachbarin Renate ist sehr und lieb und wir kommen mehr als gut miteinander aus. Nach einer Woche bin ich bestens darüber aufgeklärt, was bei Sturm der Liebe und rote Rosen passiert, weil Renate das gerne guckt. An dem Tisch, an den ich eingeteilt werde im großen Essensaal, bin ich mit netten Leuten zusammen, die mich neugierig aufgenommen haben und mir zumindest nicht das Gefühl geben, mich auszuschließen. Mir gegenüber sitzt eine Frau, die sich als Elisa vorgestellt hat. Sie erzählt mir von ihrem Sohn, den sie zwei Jahre nicht gesehen hat. Ich fühle mich ihrem Schmerz sofort verbunden. Ganz so dramatisch wie bei ihr ist es bei mir nicht, aber es fühlt sich gut an, mit jemandem zu reden, der versteht, wie es dir geht. Sowieso finde ich es entlastend hier. Es ist okay, elendig durch den Gang zu schlurfen und nicht Hallo zu sagen. Keiner nimmt es dir krumm, wenn du nicht reden willst und keiner nimmt es dir krumm, wenn du reden willst.

„Hast du Lust, mit mir zur Priener Hütte hoch zu wandern und dann mit dem Schlitten wieder runter zu fahren?", fragt Elisa mich morgens beim Essen. „Hab gehört, da kann man sich Schlitten ausleihen und dann eine 30-minütige Talabfahrt runter rodeln", schiebt sie begeistert nach. Ich bin sofort dabei und am nächsten Tag planen wir schon unseren Ausflug, reservieren per Telefon für den nächsten Tag ein Auto, weil wir beide ohne angereist sind. Ich freue mich, so schnell Anschluss gefunden zu haben und nicht nur das, sondern auch mit einer Person unterwegs zu sein, die Lust hat, drei Stunden einen Berg hochzukraxeln. „Ich bin froh, dass du gekommen bist", sagt sie zu mir. „Ich habe schon die anderen gefragt, aber keiner hatte Lust", lächelt sie mir verschwörerisch zu. Schön, dass sie sich genauso über meine Anwesenheit freut, wie ich mich über ihre. Am nächsten Morgen schmiere ich mir für unsere Wanderung beim Frühstück zwei Brötchen und warte dann im Foyer auf Elisa. Wir gehen raus zum verabredeten Treffpunkt, wo uns der Fahrer abholen will. „Servus die Damen", begrüßt uns ein junger Fahrer, der schnell weiterfahren will. „Bezahlt wird in bar gleich am Anfang", kommt er gleich zum Punkt. Fuck, denke ich. Es ist Ende des Monats und ich habe noch knapp dreißig Euro auf dem Konto. „Ich habe kein Bargeld“, stottere ich schuldbewusst hervor. „Ist es möglich, kurz an einer Sparkasse zu halten?“ „Nein, ich habe meine Termine und darf nirgendwo halten, außer an den vorgeschriebenen Treffpunkten“, erklärte er sachlich. Elisa und ich werfen uns einen genervten Blick zu. Wir sind uns beide einig, dass er ein Krümelkacker ist. „Ich kann dir das auslegen, ist keine große Sache“, raunt mir Elisa zu. Ich hoffe nur, dass man auf dem Scheiß Berg mit Karte bezahlen kann. Mein peinlich berührtes Gefühl über den Fauxpas weicht der schönen Landschaft, durch die wir fahren. Das Ende Deutschlands ist an diesem Fleck Erde besonders schön, denke ich mir und stelle mir vor, wie in Berlin grade unglückliche Hipster aus ihrer überteuerten 0,5-Raumwohnung durch nicht geputzte Fenster auf einen öden Himmel glotzen und versuchen fifty shades of grey neu interpretieren und sich einreden, dass sie glücklich sind und ihre work-lie-balance voll im Griff hätten, während sie an einer Selleriestange knabbern. Ohne mich diesmal, ich gehe gleich meinen oxidativen Stress abbauen. Ich komm' erstmal nicht wieder.

Von Bergen und Bächen

Die Wanderung auf die Priener Hütte hat sich gelohnt. Vollkommen glücklich sitzen wir am besten Platz mitten in der Sonne. „Komm wir gönnen uns ein Bier nach der Anstrengung“, beschließt Elisa überschwänglich. „Ich lade dich ein!“, zwinkert sie mir zu. Als ich Anstalten mache, das Angebot anzunehmen, winkt sie energisch ab.„ Du musst jetzt mal lernen, sowas anzunehmen, ich muss mir um Geld überhaupt keine Sorgen machen so wie du“ „Okay, ist in Ordnung“, drücke ich gepresst heraus, fühle mich aber irgendwie nicht so richtig wohl dabei. Elisa geht rein, um die Bestellung aufzugeben. Nachdem sie wieder raus kommt, teilt sie mir freudig mit, dass sie noch zwei Kaiserschmarrn bestellt hat. „Sieh es als mein Dankeschön an, dass du mitgekommen bist.“ Mein Brötchen hätte mir gereicht, denke ich beschämt. Meine Gedanken verfliegen, während ich die Bergkette betrachte und das herrliche Wetter genieße. Es liegt ordentlich Schnee hier oben und ist trotz Sonne noch recht kalt. Hier hoch zu laufen hat etwas über drei Stunden gedauert und war ein wunderschöner Marsch. Zwischendurch sind Schlittenfahrer an uns vorbei gerodelt, die gejohlt und gejauchzt haben. Das hätte meinem Sohn richtig gut gefallen, geht mir traurig durch den Kopf beim Hochsteigen. Ich denke sowieso viel an ihn. Seit er weggezogen ist, ist alles anders... Zwei dampfende Kaiserschmarrn werden gebracht und wischen die trüben Gedanken weg, für die das Wetter eh viel zu strahlend ist.

Als ich mich auf meinen Schlitten setze, bin ich aufgeregt und habe leicht einen sitzen. Elisa hat ihren eigenen Schlitten. Auch das hat sie bezahlt und ich rechne mir aus, dass ich ihr mit der Autofahrt siebenundzwanzig Euro und ein paar Zerquetschte wiedergeben muss. Der Weg nach unten geht viel müheloser und im herrlichsten Sonnenschein und bei bester Aussicht, rodeln wir den Weg zurück ins Tal. Ich filme mich bei einer seichten Strecke selber und brülle in die Kamera: „Na, ob das bei euch grade genauso schön ist? " und schiebe ein „I DOUBT IT" hinterher. Genau in diesem Augenblick verliere ich die Kontrolle über den Schlitten und möller volles Rohr in den Tiefschnee. Ich liege lachend im Schnee und bleibe eine Weile so liegen. Habe mich lange nicht so lebendig gefühlt, denke ich. Elisa kommt auch an der Stelle an, lacht und wir fahren kreischend weiter. Fast unten angekommen, kommen wir an einem eisigen Gebirgsbach vorbei. „Ich will da rein", pruste ich Elisa zu. „Du bist ja vollkommen verrückt!", erwidert Elisa. Voll Vorfreude ziehe ich mich bis auf den Bikini aus. Ich hatte extra einen angezogen, um Eisbaden zu gehen, wenn sich die Möglichkeit ergibt. Als ich meinen Fuß ins Wasser setze, merke ich, wie viel kälter das fließende Wasser als der vier Grad kalte Chiemsee ist. Einige Stellen sind zugefroren und ich muss genau gucken, wo ich hintrete. An einer Mulde lege ich mich ins Eiswasser. Tausend kleine Nadelstiche stechen mich überall in meinen Körper. Alles in mir in diesem Moment ist präsent im Hier und Jetzt. Ich hole tief Luft und tunke meinen Kopf unter Wasser. Für einige Augenblicke fließt der kristallklare Bach über die Gesamtheit meines Körpers. Hier habe ich eine kleine Ewigkeit Ruhe vor meinem Leben. Die Kälte nimmt mir alles, auch meinen Schmerz über die Dinge des Lebens.

Privatpatient

Heute tigere ich irgendwie nur so umher. Die Sonne scheint und kann nicht stillsitzen. Elisa schlägt vor, dass wir in die Sauna gehen, sie hat ihr Zimmer direkt gegenüber und teilt sich ihr Zimmer mit Sophie. „Sophie schläft den ganzen Tag und macht die Heizung immer auf fünf", regt sich Elisa bei mir auf. Sie erzählt mir noch andere Dinge über Sophie und ich merke, dass ich es nicht so mag, wenn schlecht geredet wird über Menschen, die nicht anwesend sind. Als ich Elisa zur Sauna abhole und ans Zimmer klopfe, ist Sophie auch wach. Beim Eintreten merke ich, dass mehr gelüftet werden müsste, als es der Fall ist. Elisa guckt mich gequält an. Sophie sitzt mit verquollenen Augen auf ihrem Bett. Es ist schon nachmittags und die Sonne scheint. Ich bin heilfroh, dass ich nicht mit Sophie ein Zimmer teilen muss. Nach der Sauna sitzen wir noch bei einer anderen Patientin im Zimmer. Elisa holt zwei Flaschen Wein aus ihrer Tasche. „Ich weiß, das sieht jetzt krass aus, aber ich trinke einfach gerne ein Glas Wein abends." Es bleibt nicht bei einem Glas, die beiden Mädels knallen sich die beiden Flaschen hinter wie Brause. Ich trinke ein Anstandsglas mit und fühle mich unwohl dabei. Wir sind immerhin noch in einer Klinik und eigentlich darf kein Alkohol konsumiert werden während der gesamten Zeit. Die Patientin aus dem Zimmer hat das Zimmer für sich alleine, weil ihre Mitbewohnerin sich jeden Abend wegschleicht zu 'nem Typen im anderen Haus, bei den Privatpatienten. Win-Win für alle drei würde ich mal behaupten. Die beiden werden immer betrunkener und ich überlege, ob ich gehen soll. Die Patientin erzählt seit einer halben Ewigkeit von ihrem toxischen Mann, mit dem sie zwei Kinder hat. Ich kann irgendwann nicht mehr.„ Meinst du nicht, dass du ihm zu viel Raum schenkst hier?“, frage ich in ihre Richtung. Ihre glasigen Augen schielen mich an. „Ich habe jedenfalls grade keine Kapazität, weiter zuzuhören, tut mir leid“, entschuldige ich mich und verabschiede mich von den beiden nicht wirklich anonymen Alkoholikern. Mir ist nicht mehr so wohl in Elisas Dunstkreisen. Sie hat mir ihre Clique am Vorabend vorgestellt und irgendwie beschleicht mich das komische Gefühl, dass da schon über mich geredet wurde. Am nächsten Morgen checke ich mein Konto und bekomme einen Schreck, ich hab Minus auf dem Konto, irgendein Betrag, den ich nicht mehr auf dem Schirm hatte. Wie soll ich Elisa jetzt ihr Geld wiedergeben? Ich muss sie ansprechen und fragen, ob ich es ihr am ersten Februar überweisen kann, das sind ja nur noch ein paar Tage. Sie ist nicht beim Frühstück und weil auch zwei von unserem Tisch abgereist sind, setzte ich mich mit an den Nebentisch. An dem sitzt auch Mark, ein ziemlich gut aussehender, sportlicher Typ. Wir sitzen uns gegenüber und unterhalten uns. Wie immer labere ich nur Stuss und ohne Punkt und ohne Komma, was mir im Nachhinein immer unangenehm ist. Er ist Privatpatient und kommt genau wie ich auch immer etwas später zu den Mahlzeiten. Als die Glocke klingelt, dass das Frühstück vorbei ist, lädt er mich ein mitzukommen in den Privatpatientenbereich, den man durch eine Tür betritt. Dort gibt es frischen Kaffee, Früchte und Croissants, was man beim normalen Buffet nicht hat. Ich bin irgendwie ganz hibbelig, soll eigentlich gleich bei einer Achtsamkeitsübung sein. „Ich war auch so drauf am Anfang, wie du. Du musst dich erstmal runterfahren", sagt er zu mir. Aus einen nicht definierbaren Grund fühle ich mich komplett unwohl in diesem privaten Bereich und mit ihm. Warum weiß ich nicht.

Ein Messer im Rücken

Heute treffe ich zum ersten Mal meine Therapeutin. Ich bin gespannt und hoffe, dass wir uns verstehen. „Hallo Frau Busse“, begrüßt sie mich. Auf den ersten Eindruck wirkt sie auf mich, wie jemand, der seine Stulle mit Messer und Gabel isst. Sie schaut mich gelangweilt durch ihre Brille an. Sie ist vielleicht 27 und sieht aus, wie ich mir die maulende Myrte von Harry Potter immer vorgestellt habe. Ihre Präsenz ist so spannend, wie labberiges Toast. Ich erzähle und sie guckt ausdruckslos, stellt keine Fragen und darum erzähle ich noch mehr. Sie guckt auf die Uhr und beendet vor den festgelegten fünfzig Minuten das Gespräch. Ich frage sie, ob sie eine Hausaufgabe für mich hat und sie kramt so enthusiastisch, wie eine Weinbergschnecke in einem Zettelhaufen umher. Ich verlasse ihr Büro. Meine Hoffnung, dass das hier noch irgendwie besser wird, verlässt mich ebenso. Im Foyer sitzen Elisa, Mark und noch andere Patienten. Ich steuere auf Elisa zu und frage, ob wir jetzt reden können. Mark schaut uns an und setzt seine Kopfhörer auf, weil er höflich sein will. Am Tag davor hatte ich Elisa gefragt, ob wir reden können. Sie richtet sich auf und schaut in meine Richtung. Ihre grünen Augen taxieren mich. „Du Elisa", beginne ich zögerlich. „Es ist mir mega unangenehm, aber wäre es für dich okay, wenn ich dir das Geld am 01.02. überweise?", frage ich unsicher. „Das wolltest du besprechen?" „Ich dachte, jetzt kommt sonst was... Na klar, ist doch gar kein Problem", winkt sie mit einer Handbewegung ab. Ich bin erleichtert und wir sitzen alle noch eine Weile und plaudern. Die nächsten zwei Tage habe ich mehr und mehr Anwendungen und komme langsam in einen neuen Rhythmus, stehe um 6:30 Uhr auf und gehe fast jeden Morgen zum Frühsport. Ich fühle mich gut und motiviert, bin bereit für Neues. Nach dem Essen habe ich eine Nachricht von Elisa auf meinem Telefon.**„ Kannst du mir bitte doch das Geld schon geben?**" lese ich. ** „Ich habe mit meinem Mann telefoniert, der meinte, dass ich wegen Geld schon so oft ausgenutzt wurde und ich will es jetzt schon wiederhaben"** Ich bin erstmal perplex. Bis zum 01.02. sind es nur noch ein paar Tage. Ich schicke ihr einen Screenshot von meinem Kontoauszug, dass ich im Minus bin und schreibe dazu, dass ich jetzt nicht weiß, wie ich Geld auf die schnelle auftreiben soll, aber dass ich mir was überlegen werde. Ich merke, wie es mich innerlich aufreibt. Sie antwortet mir, dass ich sie ja wohl verarschen wolle und dass ich ja gewusst haben muss mit dem Minus auf dem Konto und trotzdem einfach mitgekommen sei. Jetzt wird es mir zu bunt und ich antworte ihr, dass ich diesen plötzlichen Wechsel nicht verstehe und dass ich das überhaupt nicht vorsätzlich getan habe und mir das auch nicht unterstellen lassen möchte. Die Antwort, die dann kommt, schockiert mich bis ins Mark.** „Ich möchte mein Geld haben und zwar alles, auch wozu ich dich eingeladen habe auf der Priener Hütte!"**, Weiter im Text erklärt sie mir unfreundlich, dass sie sich nicht frech kommen lassen will von mir und dass ich ihre Gutmütigkeit und Großzügigkeit ausnutzen würde. Sie teilt mir mit, dass sie mein Verhalten auch schon der Leitung gemeldet hätte. BÄM!! Ich zittere vor Wut. Was interessiert die Leitung so eine Lappalie? Ich kann nicht glauben, was auf meinem Telefon steht. Elisa hatte mir oft die letzten Tage ständig in den Ohren gelegen, dass ich aufpassen soll, wem ich vertraue. Ich antworte ihr: Du hattest Recht! Man muss wirklich aufpassen, wem man hier vertraut.

Nimm die Welt, so wie sie ist.
Aber lass‘ sie nicht so.

Nichts als die Wahrheit

Nachdem ich bei Herr Dr. Menke war, stehe ich zittrig vor dem Büro der Co-Therapeuten. Wurde uns am Anfang nicht gesagt, dass wir hier her können, wenn wir nicht weiter wissen? Ich weiß grade definitiv nicht weiter. Das einzige, was ich weiß, ist das Elisa eine fette Lüge erzählt hat. Ich stehe total unter Schock und bin komplett ahnungslos, was die Motivation hinter so einer grässlichen Tat ist. Wahrscheinlich ist diese Frau ernsthaft krank, durchfährt es mich. Was habe ich mir gedacht? Wir sind hier immer noch in einer Klapse und nicht im 4 Sterne Hotel, auch wenn es den Anschein macht. Im Büro der Co-Therapeuten versuche ich erstmal Hilfe zu bekommen. „Ich soll jetzt sofort aus der Klinik gehen, ohne dass ich überhaupt gefragt werde, was passiert ist", bringe ich wie ein Häufchen Elend hervor. „Ja, ich habe es schon gehört." Die nette Frau guckt mich mitleidig an. Wie schnell hat das bitte die Runde gemacht? Ab jetzt bin ich nur noch die Messerpatientin! Mir wird plötzlich die gesamte Grausamkeit der Situation bewusst. Scheiße. Was ist, wenn ich jetzt wirklich gehen muss? Wenn ich nicht angehört werde? Ich habe keinen Cent in der Tasche, es wird schon dunkel und die Bahn streikt komplett. Wie soll ich nach Berlin kommen? „Reden Sie nochmal mit ihrer Oberärztin Frau Kunz“, schlägt die nette Frau von Station vier vor. Oh nein, nicht die! Wenn es jetzt von der abhängen soll, bin ich verloren! Als ich vor Zimmer 2024 warte, taucht Mark plötzlich auf dem Gang auf und fragt mich was los ist. “Elisa behauptet, ich hätte sie bedroht und gesagt, ich würde sie abstechen, jetzt wollen die mich rausschmeißen“, stoße ich unter Tränen hervor. „Erzähl keinen Unsinn“, erwidert er irritiert. „Klärt das doch einfach unter euch“, schlägt er mir vor. Er rettet mir den Arsch in der Situation, ohne dass er es weiß. Genauso, wie eine Elisa nicht mit mir alleine reden würde, darf ich auf keinen Fall alleine zu der Oberärztin Frau Kunz gehen. Ich gehe zurück zur Co-Therapie und frage die nette Frau von eben, ob sie mich begleitet. Langsam fasse ich mich wieder. Das hier ist eine ungerechte Situation und ich werde mich davon befreien. Egal wie, aber ich werde heute auf keinen Fall gehen. Und auch nicht morgen! Als Frau Kunz die Tür öffnet, ist sie sichtlich ungehalten. Mir wird klar, wäre ich alleine gewesen, hätte ich keine Chance gehabt. Sie lässt uns an der Tür stehen und erst nachdem ich sage, dass ich überhaupt kein Problem habe, die Polizei zu rufen wegen übler Nachrede und Verleumdung, lässt sie uns zaudernd eintreten. Das Verhör beginnt zum zweiten Mal. Nur lasse ich mich diesmal nicht verhören, sondern bin hier, um für mich einzustehen, wenn es doch sonst niemand tut. Das kenne ich schon aus meinem Alltag, darin bin ich leider Profi. Oder zum Glück! „Dass Sie Probleme machen, wusste ich gleich, nachdem Sie hier das erste Mal auf meinem Stuhl saßen." Frau Kunz blickt tadelnd auf mich. „Ich habe das nicht getan und falls Sie etwas Menschenkenntnis besitzen, dann wissen Sie auch, dass ich die Wahrheit spreche!" Meine Worte kommen längst nicht so hart und klar aus meinem Mund, wie ich es mir wünsche. Tränen rinnen meine Wangen runter. „Frau Busse, Sie sind hier, um ihre Seele zu heilen, nicht um irgendwelche Bindungen einzugehen. Diese engmaschigen Beziehungen hier bringen nur Ärger und lenken Sie von Ihrem Heilungsprozess ab! Sie müssen sich abgrenzen und sich auf sich konzentrieren". Ich glaube ihr in diesem Moment. „Heute müssen Sie erstmal nicht gehen, morgen sehen wir weiter."

Aha.

Am nächsten Tag ist einiges los. Der Wecker klingelt und ich hiefe mich hoch, fühle mich, als hätte mich ein Lastwagen überfahren. Nach dem Morgensport gehe ich zum Frühstück. Elisa ist nicht da und ich kann mir denken, dass sie auch nicht wieder an den Tisch kommt. Ich hoffe inständig, dass sie in einer anderen Essensschicht ist. Es gibt zwei und ich bin glücklicherweise in der Spätschicht gelandet. 6:45 Uhr bis 7:30 Uhr, was auch nicht wirklich spät zum Frühstücken ist. Den Tag über bin ich nervös und weiß nicht, wie es weitergeht. Seit zwei Tagen streikt die Bahn komplett und ich habe keinen Schimmer, wie ich ohne Geld nach Berlin kommen soll, falls ich rausfliege. Das wäre mein persönliches Wurst-Käse-Szenario. Auf meinem Plan steht, dass ich zur Check-in ins Gym soll, damit ich mein Tracking-Armband erhalte. Ich bin vollkommen neben der Spur und laufe erstmal zum los. Da angekommen, wartet eine Patientin auch auf ihre Sporteinweisung. Ein ziemlich gut aussehender Trainer kommt aus dem Gym und ruft uns rein. Auch das noch, ich sehe heute aus wie ein Haufen Scheiße, denke ich mir und will aufstehen und an ihm vorbei schlurfen. „So kann ich Sie aber nicht reinlassen, haben Sie noch geschlossene Schuhe?“ Gleich lass' ich mich in die Geschlossene einweisen, denke ich mir und verneine zerknirscht. „Tja Frau Busse, dann müssen wir wohl einen neuen Termin ausmachen!“ Ich stehe auf und obwohl das nur eine Kleinigkeit ist, fange ich an zu heulen. „Heute ist ein echt beschissener Tag“, drücke ich mit heiserer Stimme ich in seine Richtung raus und verlasse gestresst das Szenario. Er guckt nur verdutzt, aber ich kümmere mich nicht weiter darum. Sowas erlebt der hier bestimmt alle Tage. Sofort geht der negative innere Monolog los, den ich nur zu gut kenne, wenn das ADHS wieder kickt: Selbst zum Packen bist du zu blöd! Nichts bekommst du hin! Nichtmal die Scheiß Packliste hast du dir durchgelesen. Du bist so ein Loser. Wahrscheinlich schmeißen sie dich eh raus! Mit diesen Gedanken latsche ich wie ein Häufchen Elend den Flur entlang, zurück zu meinem Zimmer. Dort angekommen, schmeiße ich mich aufs Bett. Nur der See kann mir jetzt helfen. Sein kaltes Blut will mit meinem Walzer tanzen.

Nach dem See muss ich nochmal zu Frau Kunz. Jetzt bekomme ich Bescheid. Sie lässt mich eine halbe Stunde vor der Tür gammeln. Zum Glück bin ich Zen, weil der See so arschkalt war, dass ich einfach nur froh bin, irgendwo vor mich hin vegetieren zu können. Mittlerweile ist mir alles egal. Außer dass ich blank bin, stresst mich. Arm aber sexy versichere ich mir selber Trost spendend. Ist immer noch besser, als reich und hässlich. Das Gedankenkarussell stoppt, als die Tür aufgeht und die Kröte herausschaut. „So Frau Busse", säuselt sie mir entgegen und bittet mich, Platz zu nehmen. „Ich habe mich gestern so für Sie eingesetzt und für Sie gekämpft und ich kann Ihnen jetzt mitteilen, dass Sie die Klinik nicht verlassen müssen." Ihre Augen wuseln unruhig im Raum umher, denn sie ist nicht blöd und weiß, dass ich ebenfalls nicht blöd bin. „Allerdings sind Sie jetzt verwarnt und auch die andere Patientin wurde verwarnt", fügt Sie ausdruckslos hinzu. „Sollte es einen erneuten Vorfall zwischen Ihnen beiden geben, fliegen Sie beide raus", schiebt sie nach. Ich sage nichts und gehe einfach. Kann nicht genau nachvollziehen, warum ich verwarnt werde, weil jemand scheiße über mich redet, aber gut. Zufrieden bin ich nicht, aber müde.

leer

Ich fühle mich leer und erledige meine Anwendungen mit einem tauben Herzen. Durch die Klinik zu gehen ähnelt einem Spießrutenlauf und ich fühle mich beobachtet. Blicke der Empörung und Abwertung treffen mich und im Speisesaal glotzen Menschen mich an, die ich nicht kenne und die mich nicht kennen. Elisa wird es nicht leid, jedem zu erzählen, ich hätte sie mit einem Messer bedroht. Sie erzählt es auch denen, die es nicht wissen wollen. Die erste Zeit verschanze ich mich im Zimmer und Renate ist in dieser Zeit eine wichtige Hilfe. Ich habe wirklich Glück gehabt, denke ich mir und ich tue mein Bestes, Renate zu helfen und auch für sie da zu sein. Sie hört mir zu und ich weiß, dass ich mich ihr anvertrauen kann. Ist doch scheißegal, was der Rest denkt, solange ich hier im Zimmer meine Ruhe habe und jemanden, mit dem ich mich gut verstehe. Renate ist auch geschockt von dem Verhalten und kann auch die Handhabe der Klinikleitung nicht nachvollziehen. Mittlerweile weiß die gesamte Klinik davon. Patienten sowie alle Mitarbeiter. Wenn ich zu einer Anwendung gehe und die Anwesenheit geprüft wird, gucken die Therapeuten bei dem Namen Busse neugierig auf, um mich zu mustern. Mir egal, ich mache den Morgensport, Pilates und die Gruppensitzungen mit und verziehe keine Miene. Dass mich viele Mitpatienten meiden, bohrt unangenehm in meinen Körper. Die nächsten Tage geht mir viel durch den Kopf und das Einzige, was wirklich hilft, ist Sauna und der eiskalte See. Jeden Morgen bezwinge ich meine Gedanken mit dem eiskalten Wasser. Minuten der Ruhe, wenn alles in dir schreit und du dich wie eine offene Baustelle fühlst. Der Vorfall hat mich tief getroffen und ich weiß nicht einmal, warum Elisa das getan hat. In meiner Welt kläre ich Konflikte von Angesicht zu Angesicht. Und ohne Messer. Auch wenn ich es abwenden konnte, die Klinik verlassen zu müssen, hat Elisa mir meine Chance auf Heilung genommen. Wieder muss ich mich mit Menschen auseinandersetzen, die Lügen über mich verbreiten. Und genau das ist der Grund, warum ich in die Klinik gekommen bin. Die nächsten Tage sind schwer und ich suche die Co-Therapie auf. Als ich verheult an die Tür klopfe, hoffe ich auf Linderung und treffe auf eine Überraschung. Dort sitzt die Frau, die mir mit gekreuzten Armen mitgeteilt hat, ich solle die Klinik verlassen. Sie lächelt mich unsicher an. Tja ich bin noch da, denke ich mir und du so? Ich nehme die Herausforderung an und entscheide mich dafür, mit ihr zu sprechen. Frau Beyer stellt sich als eine herausragende und reflektierte Gesprächstherapeutin heraus. Als sie eine Entschuldigung ausspricht, brechen alle Dämme. Jemand aus dem Team hat stellvertretend zugegeben, dass es scheiße war, was mir passiert ist. Diese Entschuldigung berührt mich tief und bewegt mich. Mein inneres Kind kommt zu Ruhe, als hätte diese große starke Frau sich für alles entschuldigt, was mir im Leben unfaires widerfahren ist. Für alle Arschlöcher, die mir weh getan haben. Für all die falschen Schlangen, die sich als meine Freundinnen ausgegeben haben und mir letztendlich geschadet haben. Für die grausamen Lügen in den Gerichtsdokumenten über mich als Mutter, die schlussendlich dazu geführt haben, dass ich in der Klinik bin. Ich schaue in die Augen von Frau Beyer und ein Teil in mir sucht immer noch verzweifelt nach dem Warum. Sie ist da mit ihrem Blick und ich bin mit dem Warum nicht mehr allein. Das tut unendlich gut. Grade kein Kampf, grade Ruhe.

An deiner Seite

Mein Platz ist an deiner Seite

ohne dich bin ich leer

Die Farbe weicht aus meinen Sommersprossen
und jede einzelne ist nur schön durch ihre Nebenbuhlerin.

Ein Kleks Farbe ist schwarz auf meinem Herz,
leuchtend kommt mein Traum unter Wasser

Die Angst schnürt mir die Kehle zu und ich
sitze keuchend im Bett

Kann schlecht schlafen, weil deine kleine Hand
ins Leere greift und unser Herz gespalten ist

Weich ist dein Antlitz und weit

weit weg

Erkennen Vögel ihre Jungen am Geruch, wenn
sie aus dem Nest gefallen sind?

Wo bist du?

Hab meinen Sinn verloren

nicht weit daneben meine Sinnlichkeit

sie landet weich im Kissen

träumt von der Erinnerung als du gülden in der Zeit verschwammst

und dein Hauch die Erinnerung zerstäubte

wie wallend kleine Blätterschwaden deinMund meinen Namen ruft

Süße Träume, mein Kind...

...Sie sind die einzigen, die uns bleiben.

Vergebung

"Wenn du uns Emile freiwillig gibst, verzichten wir natürlich auch darauf, vor Gericht zu gehen." Der Satz pulsiert in meinen Adern. Wir sitzen in der Abschlussrunde unseres Clearings, welches uns das Jugendamt verordnet hat, um bei Konflikten von hoch strittigen Eltern zu unterstützen. Ich fühle mich nicht unterstützt, ich fühle mich in die Ecke gedrängt. Niemand hat meine Not erkannt, alle haben seinem charmantem Lächeln geglaubt und dass er so besorgt um seinen Sohn ist. Niemand hat das perfide Spiel durchschaut. Jedes halbe Jahr ist er zum Jugendamt gegangen und hat mich angezeigt. Wenn er wirklich hätte helfen wollen, wäre er zu mir gekommen und hätte Hilfe angeboten. Für mich, für seinen Sohn. Aber er hat drauf getreten, mich deformiert, Lügen verbreitet, wo es nur ging. In meiner Familie, in der Schule von unserem Sohn, beim Jugendamt. 10 Jahre habe mich über meinen Sohn gelegt, wie ein weiches Kissen, um die Schläge abzuwehren. Dunkle Augenringe, die Leere in den Augen, fahle Haut und ein mattes Herz verraten die verschwommenen Anzeichen der psychischen Gewalt. Ich bin fast gestorben darunter. Als wir uns im Clearing mit den Sozialarbeiterinnen und den Mitarbeiterinnen gegenübersitzen, weiß ich, dass ich keine Kraft mehr habe. In meiner Miene liest sich der Schmerz der letzten Jahre ab, aber ich habe gelernt, ihn weich zu packen und mich gleich dazu. Watte ist jetzt alles, was hilft. Auch wenn mir versichert wurde, dass er keine Chance hat vor Gericht. Ich gebe auf. Weil ich meinem Sohn so etwas nicht antun will. Er soll nicht von fremden Menschen gefragt werden, wo er wohnen möchte. Nicht ein einziger Mensch soll seinen Loyalitätskonflikt verstärken. Sein Herz ist schon zu sehr gebrochen. Ich muss es nicht in tausend Stücke splittern. Wieder frage ich mich nach dem Warum. Warum habe ich diese Erfahrung für mein Leben gewählt, in dem es nur Probleme zu geben scheint? Ich habe mich getrennt und hatte meine guten Gründe. Rache fühlt sich grade noch stärker als Vergebung an. Vorfallen, wenn du ins Visier eines Rachsüchtigen gerätst. Aber die Wahrheit ist, dass wir uns die Erfahrungen aussuchen in diesem Leben. Und das größere Bild sich oft verschleiert. Auch unser Sohn hat sich uns ausgesucht und schlechte Eltern sind wir nicht. Nur schlecht zueinander. Und das tut mir von ganzem Herzen Leid mein Kind. Ich habe viele Fehler gemacht, aber noch mehr richtig. Vor allem habe ich mir Hilfe geholt, immer wieder, um es Stück für Stück besser zu machen. Und jetzt zu diesem Zeitpunkt ist alles wieder besser. Das dunkelste Tal ist überstanden und ich sammle Kräfte für die, die da noch kommen. Aber jetzt liegst du grade schlafend in deinem Bett und ich habe dir vorgelesen und einen Gute-Nacht-Kuss gegeben. Du wirst morgen wieder fahren und ich werde warten auf dich, bis du das nächste Mal wiederkommst. Wir telefonieren jeden Tag und es ist schwer für mich und auch für dich. Wie schwer, das wissen nur wir beide. Und wer weiß, vielleicht wirst du erkennen, wie viel ich für dich getan habe und wie schwer es mir fällt, von dir getrennt zu sein. Aber wenn ich dir in deine wunderschönen Augen sehe, weiß ich, dass meine Seele in deiner liegt und wir dicht beieinander sind. Wenn zwei vor einem König stehen und beide behaupten, des Kindes Mutter zu sein und der König sagt dann, zerschneidet das Kind, wird die wahre Mutter des Kindes von ihm lassen und nur wollen, dass es lebt. So sagt es eine alte Weisheit.

kleine Schritte

Nach ein paar Wochen habe ich mich irgendwie eingegroovt und die neuen Impulse und Routinen vertreiben die fest sitzende Depression zwar nicht endgültig, aber machen sie geschmeidiger. Auch wenn ich es nicht eingestehen will, aber die olle Frau Kunz hatte Recht. Es tut gut, sich zurückzuziehen und sich auf sich zu konzentrieren. Die anderen Patienten waren auch mit sich beschäftigt und nach zwei, drei Wochen war die angebliche Messerstecherei auch wieder vergessen. Es gingen ja auch ständig Patienten und es kamen neue. Renate fragte mich eines Abends, ob ich nicht lieber was mit den Jüngeren machen wolle, anstatt mit ihr den Bergdoktor zu gucken. Nee, wollte ich nicht und ehrlich gesagt, genoss ich ihre Nähe und ihr achtsames Wesen. Die Gespräche mit Renate waren wertvoll und ich erzählte ihr mehr, als meiner Toastbroat-Therapeutin.

Am Wochenende machten alle Ausflüge und ich entschloss, nach Prien zu wandern und die Fähre zu nehmen zur Fraueninsel. Dort sollte es ein Kloster geben, wo Nonnen wohnten. Das klang spannend. Außerdem wollte ich raus aus dem Ameisenhaufen. Ich packte meinen Rucksack, stibitze vom Frühstück Proviant und machte mich die 7 Kilometer auf nach Prien. Während der Wanderung hörte ich mit den Kopfhörern von meinem Sohn Musik. Ich war jetzt schon 12 Monate gewohnt, ihn zu vermissen. Die ersten zwei Monate nach seinem Umzug lag ich nur im Bett und hab geheult. Einerseits fehlte er mir unglaublich und auch die ganze Last, funktionieren zu müssen, fiel ab. Plötzlich gab mein Körper nach und alles, was ich tat, war weinen und schlafen. Ich nahm mir eine Auszeit von 2 Monaten und wollte dann neu anfangen und meine Freiheit genießen. Aber meine Freiheit war keine, sondern ein Knast aus meinen vier Wänden, die mir alle zuflüsterten: Spring aus dem Fenster! Hatte ich vorher die Kraft, alles zu bewältigen und jedem Druck standzuhalten, weil es einen Grund gab, stürzte jetzt mein ganzen System ab und ersoff elendig im Meer der Verzweiflung. All die Erinnerungen an gute und schlechte Zeiten kamen mir auf meiner Wanderung und ich genoss unheimlich die Bewegung. Der Marsch führte mich eine wunderschöne Birkenallee entlang und durch tannige Wäldchen. Ich mochte diese

Art der Melancholie, dicht an meinem Herzen mein Sohn. Als ich an einen Fluss ankam, wollte ich unbedingt mit meiner Hand das Wasser berühren. Und in diesem Augenblick ploppte der kleine weiße Airpod aus meinem Ohr und verschwand in der Strömung. Ich sah den kleinen weißen Punkt am Grund des Flusses entlang rieseln und ohne Zögern zog ich meine Hose aus und ließ mich vorsichtig in den Fluss gleiten. Die anderen Radfahrer wunderten sich, was die Verrückte im Schlüpper an diesem Februarmorgen im Fluss zu suchen hatte. Hätte nur noch gefehlt, zu erzählen, dass ich grade aus der Klinik kommen würde. Nach ca. einer Minute hatte ich den Stöpsel wieder und das war nicht grade leicht, weil es ein paar weiße Kiesel im Fluss gab. Die Strömung nahm ihn ein paar mal mit, aber ich erwischte ihn in letzter Sekunde, bevor die Strömung ihn in tiefere Bereiche spülte. Der Fluss hatte mich lebendig gemachte und gleichzeitig war mir arschkalt. Trotzdem war ich wirklich stolz auf mich, weil ich den Stöpsel nicht dem Fluss und meiner Blödheit überlassen hatte.1:0 für meinen Mut. Auch wenn ich so meine Macken habe, aber ich hab auch Skills. Vernünftig sein gehört nicht dazu.

Der Schaden am Dach und im Keller

Entscheidet man sich, in eine Klinik zu gehen, ist das tendenziell schon mal gut. Obwohl ich ganz schön zu kämpfen hatte und mir gedacht habe, warum passiert mir wieder so ein Bockmist, habe ich hier jetzt irgendwie die Antwort. In diesem Buch. Glaub es mir oder nicht, aber nicht alle Latten am Zaun zu haben, lohnt sich manchmal doch. Egal, ob du nur dein Oberstübchen neu sortieren musst, oder den verloren geglaubten Schlüssel zu deinem Keller wiederfinden willst. Antworten hab ich hier keine, aber eine Menge Fragen. Zum Beispiel, wie zum Henker ich es doch geschafft habe, aus dieser mäßig schönen Erfahrung etwas Gutes zu ziehen. Danke Elisa nochmal an dieser Stelle für die Inspiration! Was auch immer dich geritten hat, ohne dich hätte ich nur halb so viel zu erzählen gehabt. Und es gibt ja dann auch die tollen Menschen, die ich kennengelernt habe. Kassandra, die ihre Tattomaschiene mit in die Klinik gebracht hat, ohne dass sie jemals zuvor jemanden tätowiert hat. Lisa mit ihren strahlend grünen Augen, die ihre Liebe gefunden hat in der Klinik. Michelle, die sich nicht entscheiden konnte, ob sie lachen oder weinen sollte und mit der ich übers Manifestieren philosophiert habe. Am Ende hat sie mir ein Foto geschickt von sich, am See stehend und Konfetti in die Luft schmeißend mit den Worten: Ich heile! All die Vorurteile, die ich in den Gruppentherapien hatte gegenüber Menschen und plötzlich erzählt da jemand Fremdes eine Geschichte aus dem Leben und du sitzt nur da und denkst: Wie konnte ich diese Person im vorher nur so abwerten, ohne sie je zu kennen? Keine Schublade ist so groß, dass ein Mensch hineinpasst. Ich habe vieles gelernt in der Klinik. Zum Beispiel wie wohltuend Qigong ist und dass es nettes Personal gibt, das dich heimlich den Ausgang zum See benutzen lässt, damit du nach der Sauna Eisbaden kannst. Dass silent Disco etwas ist, dass Berliner Clubs vermutlich guttun würde. Und dass du lachen darfst, auch wenn du Depression hast. Vor allem über dich selbst. Dieser plakative Spruch, am Ende wird alles gut, stimmt irgendwie. Und dass es immer wieder ein neues Ende zu bewältigen gibt und der nächste Kackhaufen schon auf dich wartet, ist ja auch klar. Aber erstmal eins nach dem anderen. Meine Mutter fasste es am Telefon ganz gut zusammen. "Du bist doch stark!", hat sie gesagt. „Du hast dich von der Situation nicht unterkriegen lassen und du hast dich gestellt und vielleicht wären andere schon gegangen, auch weil sie es nicht ausgehalten hätten, dass andere so schlecht über sie reden." Vielleicht hat sie recht. Ich wünsche mir trotzdem für mein Leben, dass die Menschen nicht über mich reden, sondern mit mir. Selbst als Menschen sich von meinem Tisch weg gesetzt haben nach der verlogenen Aktion, hab ich das Beste draus gemacht. Trotzdem ist ein gezwungener Optionsmus auch kein Zuckerschlecken auf Dauer. Wenn du so richtig in deinem Kackhaufen sitzt, ist es vielleicht besser, herauszufinden, warum du da gelandet bist, anstatt dir ein Deckchen drüber zu legen, 'nen Sonnenschirm aufzuspannen und zu sagen: „Ist doch eigentlich ganz nett hier!" Meine Depression wird immer ein Teil von mir bleiben und auch immer mal wieder anklopfen. Das habe ich akzeptiert und integriert. Ich werde sie auch nie ganz los sein. Aber das ist okay. Ohne sie wäre das hier nicht entstanden und ich mir wäre vielleicht nicht bewusst geworden, wie stark ich in Wirklichkeit bin!

Ein Bild schwer wie Blei

Als ich den Kunsttherapieraum betrete, freue ich mich auf die Stunde. Ich hab es tatsächlich geschafft von Musik zu Kunst zu wechseln. Ich konnte einfach keinen Gerds und Monikas mehr beim munteren Draufkloppen der umgestimmten Instrumente zuhören. Die Kunsttherapeutin erklärt alles in einem fürsorglichen Ton. Steffi von meinem Tisch ist auch dabei. Sie ist auf jeden Fall von der Sorte ordentlicher Ehrenbürger und ich mag sie ziemlich gerne. Es ist ihre letzte Stunde, bevor sie packt und geht. Ich bin mir sicher, dass sie schon einen Tag vorher alles gepackt hat. Ich kann nicht abwarten und will loslegen. Hab Bock, Farbe zu verbrauchen. Also spanne ich mir auf eine Halterung ein großes A3 Blatt und hole mir meine Farben. Dann verschwindet alles in einem Rausch. Als die Therapeutin andeutet, alles aus der Hand zu legen, will ich gar nicht mehr aufhören. Bei Gott, wieso mache ich sowas nicht öfter? Wir setzen uns alle an die Tische und jedes Kunstwerk wird vorne angebracht und diskutiert. Ich finde es total spannend und denke mir, dass es so viel mehr Sinn macht, einfach etwas mit den Händen zu tun, anstatt stundenlang zu palavern und sich gedanklich im Kreis zu drehen. An meinem Bild sieht man, dass es mir mächtig scheiße geht, aber auf eine schöne Art und Weise. Ein anderer hat mit Ton gearbeitet und ich staune, wie schön seine Arbeit geworden ist. "Was seht ihr in der Figur?", fragt die Therapeutin. Er hat eine Kugel geformt, die in zwei Teile gebrochen ist und hat sie dann wieder geflickt. Wäre es nur eine Kugel, wäre das irgendwie langweilig. Der Bruch zieht eine schöne Linie in die Konturen und dadurch wirkt sie lebendig. Vielleicht ist das mit unserem Leben auch so. Manchmal wird etwas gebrochen, aber zeigt uns das nicht auch die Tiefe im Leben? Die anderen glotzen auf die Kugel und suchen nach Worten, anscheinend bin ich allein mit meinem pseudo- spirituellen Gedanken. Vereinzelt sagt jemand etwas Gutes und so geht die Runde weiter. Hands down, mein Bild ist das Größte von allen. Mein Drang, wahrgenommen zu werden schreit laut. Aber nicht zu laut, hoffe ich und bin doch neugierig, was die anderen sagen. „Irgendwie voll schwarz in der Mitte“, lässt irgendjemand verkünden. „Es ist sehr viel los auf dem Bild“, sagt die Therapeutin. „Aber ich mag es, weil es dynamisch ist und voller Gegensätze“

„Sehr feine Linien und dick aufgetragene Farbe", wirft sie weiter ein. Mit der Gegensätzlichkeit kann ich mich identifizieren und auch die Schilderungen der anderen finde ich spannend. Ich mag das Bild sehr. Für mich sieht es aus, als säße eine kindliche Inuit-Frau in der Mitte und das Schwarz sind entweder ihre Haare oder eine wabernde Masse, die sie gefangen hält. Das kleine Gesichtchen, dass mir aus der Mitte des Bildes auffällt, guckt mich nicht an. Sie hält ihren Blick gesengt und ein schweres Geheimnis lastet auf ihren Liedern. Wer hat mir etwas in den Drink gekippt?, scheint sie sich zu fragen. Als ich das Bild betrachte, überfällt Trauer meinen Körper. Ein viel zu junges Mädchen auf einem Festival trinkt von einem Glas, das ihr gereicht wurde. Sie kennt den Mann, der es gereicht hat. Er hat mit ihrer Mutter Sozialpädagogik studiert und ist als Betreuer mit auf den Chorfahrten der Schule gefahren. Sie saß mit Freunden auf der Decke, als er kam. Jetzt dreht sich alles und er zieht sie weiter. Als sie am nächsten Morgen klar wird, weiß sie nichts mehr und fühlt sich schwarz in ihrem Körper. Das Gewissen aus Blei singt auf den Grund ihrer Seele. Sie weiß nur, dass ab jetzt nichts mehr ist, wie es war.

Der Schoß der Welt

Die Tage und Wochen vergehen wie im Flug. Eigentlich will ich gerne noch verlängern und bleiben. Vorfallen, weil ich Angst vor Zuhause habe. Was, wenn sich nichts ändert? Was, wenn die Gedanken wieder kommen? Was, wenn ich die Depression alleine nicht bewältigen kann? Mein Abschied naht und meinem Wunsch einer Verlängerung wird nicht nachgegeben. Mittlerweile bin ich nur noch angenervt von der Oberärztin und meiner Schlaftabletten-Therapeutin und gehe nicht mehr zu den letzten Terminen. Da pfeife ich drauf und das tut auch gut. Ich werde es vermissen, dass ich mich an einen Tisch setzen kann und Essen ist einfach da. Kein Geschirr wegräumen, nicht putzen. Auf meine Wohnung freue ich mich trotzdem und darauf, nackt in ihr herumzulaufen. Die Anwendung, die mich am meisten genervt hat, war progressive Muskelentspannung. Bei der allerletzten Anwendung, checke ich aber endlich, worum es geht. Ich hatte es die ganze Zeit falsch gemacht und meine Muskeln gar nicht angespannt. Als die wohlige Entspannung bei mir einsetzt, ärgere ich mich, dass ich darauf nicht schon früher gekommen bin. Als es in die letzten Tage geht, unternehme ich mit ein paar Leuten noch echt schöne Sachen und genieße das gute Wetter. Es fühlt sich nach Frühling an, obwohl es noch kalt ist. Und auch ein kleiner neuer Frühling in mir. Ich fahre mit der Gewissheit nach Berlin, den ekelhaften Winter da geskippt zu haben. Berge und Wasser sind dann doch schöner als graue Häuserfassaden. Das werde ich definitiv vermissen. Ich freue mich auf meinen Sohn und auf meine Freunde, meine Familie und mein eigenes Tempo. Es war schön, ein äußeres Gerüst zu haben außerhalb des Mutter-seins. Wie ich da funktionieren soll, weiß ich. In der Klinik war ich als Ronja. Für mich. Jetzt ist es an der Zeit, mir mein eigenes Gerüst zu bauen und ich habe wieder Kraft. In der letzten Woche fahre ich noch zum Schoßrinnwasserfall mit meiner liebsten Truppe. Er wird auf Frauenwasserfall genannt und man munkelt, er hätte heilende Fähigkeiten. Am Ende habe ich doch die Leute gefunden, die mir gutgetan haben. Michelle beeindruckt mich, weil sie barfuß mit mir den Fluss hochstapft. Vereinzelt liegt noch Schnee. Oben angekommen sind wir komplett alleine. Der Wasserfall prasselt majestätisch auf die Steine hinab.

Natürlich zieht es mich magisch an. Ich lege meine Kleidung ab und gehe langsam auf den brausenden Wasserfall zu. Das Wasser ist eisig, so wie ich es liebe. Als ich bis zum Bauch im Wasser bin, lasse ich mich ganz hineingleiten. Ich mache tote Frau, schaue nach oben und der Wasserfall kommt mir entgegen von 70 Metern Höhe. Ich kann nicht fassen, wie schön das grade ist und spüre, dass dieser Moment sich für immer in meiner Seele schlafen legen wird. Ich sauge ihn ganz auf und lasse mich in ihm fallen. Hier passiert grade etwas. Etwas Magisches. Ich bade in dem Wasser aus dem Schoß der Erde. Vielleicht heilt es mich, mehr als es jede Klinik kann. Denken kann ich nichts hier, fühlen wohl.

Ich habe keine Fragen, kein Schwarz bedeckt mein Herz. Ich bin hier einfach, so wie ich mich am liebsten habe. Draußen, mit der Natur. Mit ihr fühle ich mich nicht krank. Mit ihr fühle ich mich ganz.

RONJA BUSSE

Ronja Busse wohnt in Berlin und hat fast nie was fertig gemacht. Außer sich selbst.
Getreu dem Motto: multipel talentiert und doch nutzlos. Ihr zweites Buch handelt von ihrem Klinikaufenthalt in Bayern und schildert die absurden und teilweise kuriosen Situationen des Klinikalltags. Dieses Buch hat sie geschrieben, um nicht verrückt zu werden in einer Welt, die dringend etwas mehr Leichtigkeit braucht.

Loved this book?
Why not write your own at story.one?

Let's go!